KB155415

갈필渴筆의 서書

오세영 시집

서정시학

아아, 훈민정음

언어는 원래 신령스러워
언어가 아니고선 신神을 부를 수 없고,
언어가 아니고선 영원永遠을 알 수 없고,
언어가 아니고선
생명을 감동시킬 수 없나니
태초에 이 세상은
말씀으로 지으심을 입었다 하나니라.
그러나 이 땅 그 수많은 종족의 수많은
언어들 가운데 과연
그 어떤 것이 있어 신의 부름을 입었을 손가.
마땅히 그는 한국어일지니
동방에서
이
세상 최초로 뜨는 해와 지는 해의
그 음양陰陽의 도道가 한가지로 어울렸기 때문이니라.
아, 한국어,
그대가 하늘을 부르면 하늘이 되고,
그대가 땅을 부르면 땅이,
인간을 부르면 인간이 되었도다.
그래서 어여쁜 그 후손들은

하늘과

땅과

인간의 이치를 터득해

'ㆍ', 'ㅡ', 'ㅣ' 세 글자로 모음 11자를 만들었고

천지조화天地造化, 오행운수五行運數, 그 성性과 정情을 깨우쳐

아牙, 설舌, 순脣, 치齒, 후喉

5종의 자음, 17자를 만들었나니

이 세상 어느 글자가 있어

이처럼 신과 내통內通할 수 있으리.

어질고 밝으신 대왕 세종世宗께서는

당신이 지으신 정음正音 28자로

개 짖는 소리, 천둥소리, 심지어는 귀신이 우는

울음소리까지도

적을 수 있다고 하셨으니

참으로 틀린 말이 아니었구나.

좌우상하左右上下를 마음대로 배열하여

천지간 막힘이 없고

자모子母를 결합시켜 매 음절 하나하나로

우주를 만드는

아아, 우리의 훈민정음.

속인들은 이를

이 세계 어느 글자보다도 더 과학적이라고 하나
어찌 그것이 과학에만 머무를 손가.
그대, 하늘을 부르면 하늘이 되고,
땅을 부르면 땅이,
인간을 부르면 인간이 되는
아아, 신령스러운 우리
한국어,
우리의 훈민정음.

차 례

2부

3부

4부

1부

찰칵

긴 것이나 짧은 것이나 한 편의 영화는
필름의
마지막 신*에서 끝나버린다.
그러나 사진은
한 번 찍어 영원한 것.

영원을
긴 시간에서 찾지 마라.
내일 아침에 헤어질 운명의 남녀도
한 몸이 되어 뒹구는 오늘 밤의 그
순간만큼은
내 사랑 영원하다고 말하지 않더냐.

무시무종無始無終이 어디 있으리.
반짝 빛나는 플랫쉬의 섬광,
그 한 찰나가 바로
영원인 것을.

* scene.

보름달

　죽어 저세상에서 이승의 잘한 일 못 한 일 다 심판받을 적에 이 골목 저 골목 촘촘하게 설치된 지상의 감시 카메라에 찍혀 그 증거자료로 제시될 녹취 녹화 필름 한 통, 예수인지 석존釋尊인지 하늘에 큰 CCTV 한 대 매달아 놓았다. 어두운 밤엔 서치라이트까지 동원해서 불 밝힌 그 환한 카메라 렌즈.

모든 새들의 부리는 젓가락

그것도 남녀의
성 구분일까.

이 세상 살아 있는 것들은 모두
먹기 위해 아우성인데
무슨 이유에서인지 우리 하나님
날 짐승과 들짐승을
날개나 발이 아닌,
먹는 방법으로 구분해 주셨다.

모든 새들의 부리는 젓가락,
모든 들짐승의 주둥이는
숟가락.

세차洗車 2

    장거리 운전을 하고 집에 돌아오는 길, 세차장에서 자동세척기로 세차를 한다. 핸들을 쥔 채 바라보는 창밖, 시커먼 구름이 몰려오더니 시야가 어두워지고 곧 거세게 내 쏟는 물줄기. 세정액洗淨液이 하얗게 거품을 인다. 이윽고 흐릿한 유리창을 번쩍 밝히는 불빛과 차체를 두드리는 그 굉음. 번개다. 아아, 벼락이 친다.

    몇 수십만 광년을 쉴 새 없이 달려와 지금 은하계에 막 도착한 지구.
온통 먼지*로 뒤덮여 있다.

    한순간
세차게 몰아닥친 소나기로 한결 상큼하게 푸르러진
하늘의 창.

---

* 우주 먼지cosmic dust: 우주에서 지구로 날아온 1mm 이하의 작은 입자들을 말한다. 지구에는 연간 약 1만 4000t의 우주 먼지들이 우주에서 지상으로 내려앉고 있다.

은하수

소만小滿 되어
뒷산의 밤꽃이 흐드러지게 필 무렵,
와글와글 울어대는 밤하늘의 저
수많은 별들.

갓
모내기를 끝낸 견우의 무논은
영농營農을 자축하는 현대판 농무農舞.
한마당 K팝 공연장인가.
비티에스BTS*를 따라 부르는 맹꽁이들의 그
요란스런 떼창.

* BTS : 한국의 K-팝을 대표하는 세계적인 아이돌 그룹.

다비茶毘

활활 타오르는 장작불 속에
깃을 치는 한 마리 새가 있다.
푸드득 거리는 그
날갯짓 소리.
툭툭
먹이를 쪼아대는 입질.
타다닥 타다닥
부리에 집혀 사방으로 흩어져 튀는 불똥.
밤새 수런거리던 그 한 마리 새가
이 아침,
잿더미만 남긴 채 그만
종적이 없이 사라져버렸다.
하늘로 날아간 것일까.

그래서 서역西域에서는
사람이 죽으면 시신屍身을 굳이 땅에 묻지 않고
독수리의 먹이로 삼는다 하지 않던가.*

---

* 조로아스터 교나 라마교에서는 조장鳥葬 혹은 천장天葬이라고 한다.

드로잉*
— 2018년 제23회 평창 동계올림픽을 기념하며

도화지 위를
몇 마리 새가 난다.

지평선에 걸려
푹
고꾸라지는 스키어**

자유는 감옥이다.

하늘 땅
분별없이 하얀 설원雪原.

* drawing.
** skier.

좌탈입망坐脫立亡

어느 가을 저물녘,
여름내 허공을 맴돌던 한 마리 고추잠자리가
바지랑대 하나를 골라 정좌하더니
날개를 편 채
자는 듯 생을 마감하였다.

순간,

─반짝─

투명한 그의 모시 장삼을 물들인
서천서역西天西域의 황홀한 노을빛.

하늘도 벽이었나.

백척간두百尺竿頭에서
화두 하나 쥐고 입적한 그
노스님.

겨울 산

며칠째 내리는
폭설,
척尺 반이나 눈이 쌓였다.
붉고 노란 봄날의 꽃들, 한여름의 초록,
활활 타오르던 가을 단풍이
어느새 오간 데 없다.

제 새끼들도 잊었나?
버려진 고라니, 맷돼지, 산토끼들도
먹이 찾아 뿔뿔이 자취를 감춰버린 온 산은
멍텅구리 흰 색이다.

그래도 산문 입구를
빗자루로 정갈하게 쓸어 길을 내는
노스님,
하늘 병원 정신과 전문의專門醫인가.

치매癡呆에 걸린 산.

바다 3

밤마다 뜨거운 불덩이 하나 가슴에 안고
궁구는 여자.

오르고 내리는
그 유연한 몸놀림에 파도는
양수처럼 철썩거리고

기진한 바다는 아침이 되어서야 겨우
잠이 들었다.

번개 4

칠흑 같은 밤하늘,
누군가의 비단 옷섶에서 떨어진
금단추 하나.
또르르 굴러 지상으로 떨어지더니
홀연
자취 없이 사라져 버리고 만다.

—팍—

성냥개비를 그어
직녀織女가 허공에 한순간 환히 밝히는
불꽃.

어디 있을까.

감쪽같이 숨어버린
그 유성流星 하나.

낙뢰落雷

그해 여름
대장간은 경황이 없었다.

쉴 새 없이 밀려드는 주문으로
후끈,
몰아치는 풀무질 바람.
우르르 꽝,
달군 쇠망치질 소리.
번쩍,
펄펄 끓는 고로高爐의 시퍼런 쇳물.
쇠와 피시직……
폭우 속의 담금질.

갓 구워낸 그 초벌의 금형金型을
한동안 갈고 닦아 빛을 내던 여름, 겨울 지나
지금은 봄,

그의 공방은
꽃과 나비와 연초록 잎새들로 가득,
한 세상을 펼쳤다.

워드를 치며

동, 서, 남, 북
아무리 주위를 둘러봐도 표적이,
방향이 없다.
눈 맞출 그 어떤 산, 들, 강,
풀, 꽃, 새……
색色과 공空의 구분이 없는 이
막막한 사막,
나는 텅 빈 지평의 중심에 서서
홀로 한 마리 낙타를 타고
터벅터벅
대체 어디로 가야 한단 말이냐.

사구沙丘에 올라 문득
뒤돌아본다.

하얀 모래밭에 일렬로 나란히 찍힌
가냘픈 낙타 발자국, 발자국들.

그 한 생애의 시.

딜레이트*

잠을 잃은 밤,
창문 열고 무연히
어두운 하늘을 바라다본다.
서쪽 지평선으로
반짝,
떨어지는 별똥별 하나.

우리 하나님께서도 지금 시를 쓰시나?

입에 커서를 물고 워드 창밖으로
소리 없이 사라져 버리는 그
단어 하나.

* delete.

말에 대하여
— 非禮勿言 非道勿行

그가 싫어하는 것 같아
살짝 다른 화제로 말머리를 돌린다.
길을 달리던 말이
불쑥 막아서는 장애물을 피하듯,
절벽을 만난 물이 슬며시 그 장소를
휘돌아 지나치듯……
그러니 그 지껄이는 말이나. 걷는 말이나
길이 아니면 기실
가지 말아야 하는 법.

백담百譚 계곡 어떤 절집,
요사체 한 방에 누워서 밤에
물소리를 듣나니
그 소리 문득
들판을 달리는 말발굽 소리같기도 하고,
천년 전설 풀어내는 무당집
굿하는 소리같기도 하고,
내 어릴 적
돌아가신 어머니의 애틋한
나무람 같기도 하고……

2부

옷 한 벌

바늘에 귀가 있다니 정녕
바늘도 무슨 말을
들을 수 있다는 것이냐.

그렇다.
말이란 어휘와 어휘를 실로 꿰어
한 줄의 문장을 잇는 일이니
귀로 듣지 않은 말을 어떻게 실로 꿰어
한 벌
옷을 지을 수 있겠는가.

나 오늘
코 빠진 니트웨어*를 바늘로 깁다가 그만
손가락을 찔러 피를
흘렸구나.

잘못된 인연이란 얽힌
실타래.
그 매듭 풀기 위해선 그것을 싹둑
가위로 자르지 말고 무슨 말이든 한 번 엮어
경청해야 하느니.

* knitwear.

윤회輪廻

돌고 돌아 돈이라던가.

그제 한 채의 오피스텔이었던 돈이 어제는
카지노의 칩,
오늘은 또 귀부인의
손가락에 낀 다이아 반지가 되었다.
인간人間, 아수라阿修羅. 축생畜生, 지옥도地獄道……

길을 걷다가 문득 눈에 띈
바닥의 백동전 한 닢.
하찮다고 발로 짓밟지 마라.
또르르 돈주의 지갑에서 출가를 결행해
면벽面壁 3년,
그는 지금 고행 중이다.

그동안 그는 이 사바세계를
얼마나 무시무시한 고독 속에서 홀로
견뎌냈으랴.

연명치료

타려면 오롯이 타야 한다.
한 줌의 재도 남기지 말고……
그래서 완전한 다비荼毗는
그 남은 뼛조각마저 갈고 갈아 가루로 만들어
바람에 휙 날려버린다 하지 않던가.
타버리고 나서도
고스란히 제 형상을 지키는 연탄재,
스스로 삭아 이승의 연을 끊을 수 없다면 누군가
그 고통 벗어나도록
도와주어야 한다.
생이란 오롯이 타버려야 하는 불꽃.
연탄재,
발로 걷어 차버려야 한다.

취사를 하며

쌀만으로 혹은
물과 불만으로 밥을 지을 수는 없다.
비록 솥 안에서 물이 찰박댄다 하더라도
물과 불은
서로 한 몸을 이루어야 비로소
밥이 되는 법.
물이 많으면 진밥, 적으면 고두밥 또
불이 세면 눌은밥,
약하면 설은 밥.
아예 물이 증발해버릴까 봐
쌀을 얹힌 솥에서 한시도 눈을
떼지 못 하나니

사랑도 미움도 그와 같아라.
사랑으로
가슴이 새까맣게 타버린다 하지 않더냐.
미움으로 눈빛이
파아랗게 얼어붙는다 하지 않더냐.

갈필渴筆의 서書

오늘도
분주하게, 한가롭게 혹은 다급하게
뒤뚱뒤뚱, 성큼성큼 두 발로 걷는 걸음,
사람들은 그것을 발자국이라 하더라만
실은 한 글자, 한 글자씩 또박또박
삐뚤빼뚤 맨땅에 써 내려간 문장들의
어휘들일지도 모른다.
O자 다리, X자 다리, 팔八자 다리, 11자 다리,
아니 ㅅ자 다리라 하지 않더냐.
인생이란 백지 위를 걷는 만년필,
타고 날 때 가득 채운 그 푸른 잉크가
다 할 때까지
행을 좇아 한 글자 한 글자 발걸음을 뗀다.
가도 가도 아스라한 지평선,
그 지평선을 넘는 날은 마침내
올 것인가.
절뚝절뚝 혹은 저벅저벅……

원고지에
한 편의 소설을 쓴다.

설거지

그릇들을 씻는다.
어떤 것에는 밥알들이 붙어 있고,
어떤 것에는 김칫국이 묻어 있고,
어떤 것에는 또 먹다 남은
비곗살이 붙어 있다.
그러나 차가운 개숫물로는 끝내
씻기지 않은 때,

내 오늘 처음으로
아내의 설거지를 대신하며 비로소
깨달았나니
기름때는 오직
따뜻한 물로서만 씻어낼 수 있다는 것을.

그렇지 않더냐.
따뜻한 말 한마디에 스르르 풀리는
마음속 실타래,
그 얽히고설킨 매듭.

달콤하다, 고소하다 하지 마라.
달고 맛있는 것의 뒤끝엔 항상
역겨운 때가 남느니.

매장埋葬

씨앗도 한겨울엔
동면冬眠을 취할 줄을 안다.
지층 깊숙이
밀폐된 공간에 스스로 갇히는
그의 향일성向日性,
어둠 속에서 키워내는 빛이 더욱
푸르다.
오른뺨을 때리면
왼뺨마저 돌려대란다 든가,
죽으려는 자가 오히려 산다든가,
세상은
깜깜한 흙속에서의 오랜 동면冬眠이 마침내
우화羽化를 이루는 법,
하늘을 나는 나비가 그렇지 않더냐.
나 오늘 꽃씨를 심듯
우연히
한 주검이 땅속에 묻히는 것을 보았다.
그 한 생
벌레 먹힌 장미처럼 병들지 않고
스스로 뽐내 꺾이지 않더니
이제 향그로운 한 톨의 씨앗이 되어

마침내 흙 속에 묻히는구나.
새봄에 다시 화려하게 필
그 꽃들 또한 내세來世가 아니겠느냐.

바람의 시

　　머나먼 서역西域, 한겨울의 고비戈壁에서는 산후 우울증에 걸린 어미 낙타가 갓 낳은 제 새끼의 수유授乳를 거부하며 홀로 칩거는 일이 종종 있다고 한다. 척박한 환경, 궂은 기후 때문이다. 그럴 적에 유목민은 마두금馬頭琴 하나를 그의 목에 걸어주는데 바람이 연주하는 그 악기 소리에 점차 마음이 누그러진 어미 낙타는 처음엔 그렁그렁 눈동자를 적시다가 종내는 펑펑 눈물을 쏟아내며 제 새끼 찾아 품에 안고 따뜻이 젖 물린다 들었다.*

아아, 잘 못 살아온 한 생이었구나.
새집을 지으면서 나도 처마에
풍경風磬 하나를 매달아 놓았다.

바람이 쓰는 시.

* 유목민들은 이를 후스hoos 요법이라고 한다.

출옥

한 잔 한 잔 비워 마침내
바닥이 드러나야
비로소 갇힌 장職에서 풀려나는, 20년산
발렌타인.

포도주든, 위스키든, 막걸리든
술병은
자신을 비움으로써만 비로소
완전한 자유를 찾나니,

혀와 입술이 엮는 관능,
그 한 세상의 감옥.

인생 또한 장기수長期囚가 아니던가.

치매

갑자기
아내의 이름이 떠오르지 않는다.
회로에 어떤 손상을 입은 것일까.
전원電源은 아직 켜져 있는데
깜빡
딜레이트되기 일수다
화면이 온통 하얀 백지다.
메모리 칩인지, 깔린 앱인지
요즘은 오작동誤作動이 일상.
어제는 지하철을 나서며 길조차
잃지 않았던가.
이승과 저승을 이어주는 와이파이를 붙들고
밤새 바둥거리며
한 편의 시를 쓰려다 절망한
이 아침,
지인의 부음訃音을 받았다.

마침내
온라인과 오프라인의 연결선을 끊고
초기화初期化로 돌아간
그 낡은 컴퓨터 한 대.

별 2

별은
별과 같이 있어 별이다.
서로 손과 손을 마주 잡고
등과 등을 기대
별이다.
별은
별과 함께 빛나 별이다.
해처럼,
달처럼
홀로 빛나지 않고
더불어 빛나서 별이다.
별은
어둠을 밝혀서 별이다.
대낮이 아니라, 정오가 아니라
오직
빛 없는 밤에만 반짝반짝
뜨는 별.

풍경風聲

한 생의 목숨은 피고 지는 꽃잎.

무슨 심사인지
확 불어 불길 내 지르다 팔랑
꺼버리는 바람같은……

내 영원은 시방 어디 있을까?

그 바람의 행방을 좇아 처마에
풍경 하나 매달고

허공을 항해하는 삶은
흔들리는 오두막 한 채.

오늘도
귀 쫑긋 세운 물고기 한 마리 흰
구름 속을 헤매고 있다.

회한悔恨

충남忠南 공주公州시 금성동錦城洞 송산리宋山里 백제百濟 무령왕릉武寧王陵 지하 연도羨道에 영원으로 가는 길이 있다 하기에 내 무심코 널문을 열자 돌연 돌로 된 괴수怪獸 한 마리가 막아서며 저승 땅값 내야만 들어갈 수 있다고 눈알을 부라린다. 놀라 바닥을 내려다보니 지석誌石에 백제 대왕 사마斯摩*도 오수전五銖錢** 수천 냥을 들여 지신地神에게 매지권買地券을 산 뒤에야 겨우 입경이 허락되었다고 쓰여 있더라.

내 무슨 돈으로 영원을 살꼬? 한 생 목구멍 풀칠하고 자식 뒤치다꺼리, 마누라 엉덩이 두드리고 사노라 돈 몇 푼 저축한 것 없으니 영원으로 가기에는 아예 틀렸나 보다. 내 어찌 인생을 그렇게 헛되이 낭비했던고. 지금 생각해보니 그 같잖은 원화圓貨나 불화弗貨에 탐욕하지 않고 그 때 쓸모없던 오수전을 한 푼이라도 애써 챙겨 놓았어야 했을 것을.

---

* 무령왕의 본명.
** 오수전五銖錢 : 우리나라 초기 철기시대 및 백제 유적에서 출토된 중국 한무제漢武帝 원수 4년元狩四年(서기전 119)에 처음으로 주조한 화폐.

허공

모든 씨앗은 탈출을 꿈꾼다. 허공이 무서웠던가. 낙하산을 타고 미적거리는 민들레 씨앗, 황무지로 추락하지나 않을까 헬리콥터에 매달린 채 기회를 노리는 당단풍의 씨앗, 어린 새 첫 비상을 시도하듯 눈 딱 감고 지상으로 뛰어내리는 봉숭아, 나팔꽃 씨앗들도 있다. 그렇다. 나란, 내 자신이란 원래가 감옥, 부여를 탈출한 주몽朱蒙처럼, 고구려를 탈출한 온조溫祚처럼 그렇게 자신을 탈출하여 허공에 맞서지 않고 어떻게 한 세상을 이루어낼 수 있겠는가.

마침내 흙에 떨어졌다 한다. 그러나 그 씨앗, 이제는 다시 흙을 탈출해서 허공에 홀로 서야 비로소 나무가 되는 것을.

우수 경칩

얼어붙은 대동강大同江도 이 때부터 풀린다는
한반도 우수경칩雨水驚蟄,

소년원의 철조망 틈을 비집고 불쑥
개나리 가지 하나 밖으로
고개를 내밀고 있다.

꽃샘바람에
오돌오돌 떨고 있는 어린 꽃봉오리.

한만韓滿국경을 넘다 붙들린
그 어린 꽃제비.

3부

나목裸木 1

덩그라니 좌초된
해안의 빈 목선木船 같구나.
잎 진 산등성에 서 있는 나목 한 그루,
다시 올 봄을 기다려
먼 허공을 아득히 바라고 있다.
겨울 산은 썰물 진 바다,
봄 되어
개펄에 잔잔히 밀물이 들면
산 능선 작은 파도, 큰 파도 일어
온 산 초록 물 벙벙히 들까.
내린 돛 활짝 펴 하늘을 날까?
물 난 백사장의 외로운 소라같이
한 계절 봄 꿈 꾸는
나목 한 그루.

나목裸木 2

궁지에 몰리면
쥐도 발뒤꿈치를 문다 하지 않던가.
더 이상 물러 설 수는 없다.
쉴 새 없이 가해지는 집단
폭력 앞에서
활짝 웃통을 벗어 제치고 강추위에 맞서는
계곡의 그 헐벗은 나무.
나는 더 이상 지금 잃을 것도 지킬 것도 없다.
오갈 곳도 없다.
후미진 골목엔 추위만 씽씽 몰아치는데
찬 바람만 혹독하게 살을 에는데
빚 갚아라,
겁박하는 조폭들의 주먹 앞에서
알몸으로 웅부리는 그 근육질 사내.
지난 봄, 여름,
온 세상 과분하게 꽃들을 피우지 않았던가.
분수 없이 화려하게 집을 지어 그만
있는 재산 모두 축내지 않았던가.

재임용 심사

이 세상 사는 일에 그 무엇 편한 날이 있던가? 정규직이건 비정규직이건 정년까지는 그 누구나 일정 기간 노동 계약을 맺어야 한다. 오늘, 교수 재임용 심사를 간신히 통과한 딸이 한숨을 돌린다. 앞으로 조교수 신원보증 5년. 그러니 이제부터 또 다른 시작이다. 업적을 쌓지 못한다면 다음번 심사에서의 탈락은 불문가지. 다시 새로운 각오로 논문 집필에, 학술 저작에 불철주야 온 힘을 기울여야 한다.

올해의 건강검진은 암 체크도 심장 체크도 무사히 통과하였다. 다음 검진까지 3년 보장의 그 생명 재계약. 그렇다. 세상 사는 일이 대체 왜 이다지도 불안하기만 하다는 말인가.

전설
— 5월 광주光州의 어느 날을 회상하며

쨍,
얼음장이 깨지자
계곡엔 졸졸졸 물 흐르는 소리,
봄은 들려줄 이야기도 많은가 보다.
그 살벌했던 겨울,
눈밭에 한 그루 나목裸木으로 서서
어둠을 지새던 나날은 얼마나
처연했던 것이랴.
마른 가지 끝은 언제나 안테나,
이불을 뒤집어 쓴 채
숨죽여 라디오 주파수를 맞추고
빈 하늘의 바람 소리에
귀를 모두어 보낸 한 시절은 또 얼마나
외로웠던 것이랴.
그 엄혹한 겨울은 지났다.
지금은 봄,
쨍
얼음장이 깨지자
계곡에선 와와! 격류를 이루는 소리.
거리엔 시끌벅적 만세 외치는
소리.

노숙자

'1'은 '억億'보다 더 큰 숫자가 아니더냐?

그 하나가 그 자리에서 그 자신만의 모습으로
그렇게 있는,
그것이 우주다.

바삐 오가며 당신들은
아직도 제 갈 길을 찾고 있다만
그에게는 온 세상이 이미
모든 길.

속된 발이다. 발로 걷어차지 마라.
그는 지금 명상 중이다.
자신을 비움으로써 무리에서 빠져나와
스스로 홀로된 그 나 하나.

길가에 나뒹구는 빈
콜라 캔 하나.

2018년의 송년회

몇 번째 정거장인가.
무심히 기적이 울린다.
자리를 두고 다투던 몇몇 승객이
짐을 꾸리고,
한 무리의 인파가 차에 오르고,
차창엔
개찰구를 막 빠져나가 사라지는 사람들의 실루엣이
어른거린다.
어둠이 내리는 역두驛頭,
깜깜한 터널을 지나 험준한 골짜기를 건너
내 비로소 여기까지 왔거니
탈선 사고로 부상을 당한 뒷좌석,
끽연하다
승강구 계단에서 실종된 앞좌석,
무임승차로 도중하차 된
옆좌석도 있었다.
황막한 사막을 지나. 가로지른 강물을 건너
이제 먼 시베리아 대 평원을 달려야 할
우리들의 열차.

간이역 매점이다.

출발의 기적이 울리기 전
잠깐 내려서 우리
따끈한 우동 국물이라도 한 모금
마셔보자.
춥고 눈보라 치는
이 겨울 저녁의 플랫폼.

재개발再開發

꽃들도 아파트를 선호하는 것일까.
단독주택은 싫다.

야간 비행이다.
하늘에서 지상의 그
수많은 등불들을 내려다 보아라.

가물가물 멀리 교외에서 깜빡이는
불빛은 들꽃,
가까이
찬란하게 빛나는 도시의 불빛은
꽃밭.

꽃밭은
도시 재개발로 건설된 꽃들의
대 아파트 단지團地일지도 모른다.

하나

돌연
중국에서 건너온
코비드 19 감염증*이 전 세계를 강타하더니
온 인류가 신음 중이다.
인간의 오만은 마침내
이 세상, 종말을 부르는 것일까?
오늘까지의 누적 사망자 이탈리아 17,669명, 스페인 14,555명,
미국 14,529명, 이란 3,993명, 중국 3,345명……
우리나라에서도 204명.**
그러나 정부의 강제 사회격리 명령으로
집에 갇힌 나는 지금
우울보다 차라리 죄를 앓고 있나니
내 가족이 무사한 것만을
다행으로 여기는 나는 정말
죄인일까?
이 세상 수많은 사람들이 모여 살아도
내게는 오직 그 한 사람,
사랑하는 아내,
사랑하는 딸

---

* 2019년 겨울 중국 후베이성湖北省 우한武汉에서 처음 발생하여 전 세계에 재앙을 가져온
  신종 코로나 바이러스 19(CVID-19) 감염증.
** 2020년 4월 9일 오전 9시 현재 세계보건기구WHO의 통계.

아아. 내 지나온 일생 많은 것들을
가지려 탐했으나
이 세상 그 어느 것도
이 하나보다 더 많은 것은 없었구나.
수학에서는 그 하찮은 1이 기실
만萬보다, 억億보다 더 큰 숫자라는 것을 내게
어렵사리 깨우쳐 준,
2020년 한국을 휩쓴 그
코비드 19 폐렴.

춘래불사춘*

천 년,
아니 백 년 전 사람들은 과연
있다고 생각했을까?
있어도 보지 못했을 바이러스.
그래서 그 때는
'바이러스'라는 말조차 없지
않았던가.
본다는 것은 안다는 것,
전국에 확산된 코로나 19 감염증으로
광양光陽, 매화 축제도,
진해鎭海, 벚꽃 축제도,
남원南原
철쭉 축제도
취소되어 보지 못한
한국의 봄,
봄이 왔어도 보지 못한 봄은
봄이 아니다.
전 세계를 휩쓴 글로벌 펜데믹**으로
집에서 갇혀 보낸 그

---

* 春來不似春 당나라 시인 동방규東方虬의 「소군원昭君怨」에서
** global pandemic

2020년
해킹당한 봄.

나는 누구인가

내 안에
나도 모르는 내가 또 있다니
참 나는 과연
누구인가.
'무증상無症狀'*이라는 화두 하나 붙들고
홀로
간화선看話禪에 든 면벽 14일,
코로나 19 감염중의 그 냉엄한
자가 격리.

---

* 코로나 19 바이러스는 체내에 약 14일 동안 아무 증상 없이 잠복하면서 병균을 타인
  에게 감염시킨다. 그러므로 감염 의심자는 최소한 14일을 엄격히 자가 격리해야 한
  다.

계엄령

더 이상
법을 집행할 수 없을 때,
더 이상 혼란을 통제할 수 없을 때
국가는
언론을 규제하고, 주거 이동을 막고
법을 초월해서
구성원을 때로 체포, 수감, 처형할 수 있다.
자연을 탐식한 죄,
자연을 능욕한 죄,
자연을 살인한 죄,
....
자연법自然法이 무너지는 상황을 더 이상
방치할 수만은 없었던 코로나는
2020년,
전 세계에
비상 계엄령을 선포하였다.
무엇보다 언론 검열,
설화舌禍를 피하려 저마다
입에 마스크를 쓰고
불심 검문에 걸릴까 하루하루
두려움에 떨며 보내야 했던 그
어두운 시대의 봄.

왕관

왕 중 왕,
몽골어로는 간단히 '칸'*이라 하더라.
그러나 진정한 칸은 한 나라가 아닌,
전 세계를 지배하는 자,
그래서 일찍이 알렉산더도, 칭기스칸도
중앙아시아를 넘어, 유라시아를 거쳐
동방으로, 서방으로 참혹한 인류 대 학살극을
자행하지 않았더냐.
그러나 아직은
역사상 누구도 이루지 못한 그
대업大業,
대관식에 쓸 황금 왕관은
어딘가 버려져 있다 하나니
코로나,
이제 그대가 그대 이름에 값한**
그 황금 왕관을 찾아 마침내
중원中原의 장강長江***에서 봉기蜂起하여
세계 정복의 길에 올랐구나.

* Xahn(Khan 汗): 군왕
** 바이러스의 한 종류를 지칭하는 의학 용어 'corona'라는 단어는 그 자체의 뜻도 그렇
　　지만 원래 라틴어 왕관 'corŏna'에 그 어원을 둔 것이다. 영어의 crown 역시 이로부
　　터 파생된 단어이다.
*** 코로나 바이러스 감염증의 진원지 우한武汉은 양자강 중류에 위치해 있다.

몽골 초원에서 발군發軍한
칭기스칸처럼 그대
먼저 한반도를 유린하더니
히말라야를 넘어 인도로, 이란으로,
알타이를 넘어 이태리로, 스페인으로,
태평양을 넘어 아메리카로……****

**** 2020년 4월 9일 오전 9시 현재 세계보건기구WHO가 발표한 코로나 바이러스 19 감
염증 확진자 각 국가별 통계. 한국 10,423명, 인도 5,194명, 이란 64,586명, 이태리
139,432명, 스페인 146,690명 미국 424,945명…….

전등 횃불 유감
— 전등 횃불을 들고 나온 조국(曺國)지지자들의 야간 데모'를 보며

　한국의 유명시인 도종환은 "흔들리지 않고 피는 꽃이 어디 있으랴"
라고 썼다. 그런데 나는 횃불도 마찬가지라고 생각한다. 꽃이나 횃불
은 항상 바람 앞에 서야, 바람과 대적해야 꽃이고 횃불인 것. 그러니
"흔들리지 않고 타오르는 횃불이 또 어디 있으랴".

---

* 문재인 정부의 초대 법무부 장관. 비리 혐의로 윤석열 검찰에 의해 기소되었음.

후식後食

숫돌에 칼을 갈듯 이를 닦고
외출을 서둘렀던 하루는 금방 갔다.
지금은 해 저무는 귀갓길,
지친 다리를 끌고 술집에 앉아
한잔 꼬냑을 든다.
오늘의 사냥감은 만만치가 않았다.
그의 목덜미를 물려다 오히려
뒷발에 채인 내 허리,
그 통증을 잊으려 얼얼하게
신경을 마취시킨다.

한 덩이의 고기를
나이프와 포크로 갈기갈기 찢어
목에 넘기는 이 밤의 향연은
끝났다.
아직도 이빨은 부르르 떨고 있는데
그 광기를 달래기 위해서 드는
마지막
한 잔의 술과 달디단
푸딩 한 조각.

그 무엇

　퇴원 후 허약해진 몸을 보신하라며 아내가 내민 잣죽 한 그릇. 그 정성이 고마워 남김없이 먹긴 먹었으나 아깝게도 그릇엔 여전히 죽물이 묻어 있다. 박박 요리조리 훑어도 더 이상 모아지지 않는다. 할 수 없다 싶어 포기하고 설거지를 한다. 쏴아 쏟아지는 물줄기에 씻겨 개수통으로 사라지는 그 말라붙은 잔여물. 잣알 몇 개의 분량일까. 그 잣알, 버려질 수 밖에 없는 자신의 운명이 얼마나 서글펐을까?

　하지만 한탄하지 마라. 그래도 네가 있었기에 그 죽그릇에 담긴 대부분의 죽은 무사히 환자의 입에 들어 그의 병든 몸을 살려내지 않았던가. 한 알의 밀처럼, 한 알의 잣처럼 스스로 가루가 되지 않고선 결코 그 무엇이 될 수 없는 무엇이 이 세상 어딘가엔 분명히 있는 법. 하물며 한 부서진 가루가 다른 부서진 가루에게 자신을 양보하는 그 눈물겨운 자기 희생이여! 작은 잣알 하나여!

4부

해킹

　옛 우리 선조들은 하늘로 가는 통신 수단에만 집착하였다. 그래서 수천 년 동안 비둘기나 전깃줄을 이용했거니 그러나 영악한 현대인들은 이제 발 아래 지하도 생각해 냈구나. 땅 밑으로 굴을 파서 통로를 내 벽을 뚫고 담을 타는 그 민첩한 발놀림. 닫힌 공간도 아무렇지 않게 잠입, 침투하여 숨은 정보를 탐색, 수집, 전달해주는 메신저란 실상 쥐가 아니고 무엇이겠느냐. 그러나 아직도 옛 선조들의 곳간庫間을 털던 습성은 잃지 않은 듯 오늘 어느 쥐 한 마리가 내 인터넷 뱅킹을 해킹하여 슬쩍 기백만 원을 훔쳐가 버렸다.

　인류의 대 소망, 드디어 쥐의 가축화에 성공! 이제 인간에게 사육되어 거실이건 사무실이건 작업장이건 가가호호 제멋대로 설쳐대는 그 미키 마우스.*

* mouse(쥐, 컴퓨터 커서를 움직이는 가구)

빙판길

사랑이 굳으면 꽃이 되듯
증오는 굳어 얼음이 될지 모른다.
추상秋霜같다는 말이 있지 않던가.
가슴이 얼어붙어
—팍—
금이 간다는 말도 있지 않던가.
오늘의 날씨는 강추위,
시베리아에서 불어오는 냉기류로 온 세상은
하얗게, 하얗게 얼어붙었다
조심해서 걸어라. 빙판길이다.
삐끗 미끄러지지 말고 풍덩
웅덩이에 빠지지 말고……
같은 물도 흐르면
꽃이 되지만 제 자리에서 굳으면
얼음이 된다.

외투

습관적으로
외투를 걸치며 막
외출을 서두르는 이 아침,
뜰의 개나리가 불쑥
꽃망울을 터뜨리고 있다.

이 겨울에
정신이 나갔나? 그 철없는
꽃.

그러나 비웃지 마라.
꽃이란 비록 제철을 잃었다 하더라도
누군가 마음에 들면 활짝.
자신의 몸을 열어젖힐 때도 있나니

외투는 겨울이어서가 아니라
추워서 입는 옷이다.

고전古典

넘실대는 활자들로 가득 찬 수면水面,
물가에 낚싯대를 드리우고 몇 시간 째
찌를 지킨다.
한 문장 한 문장 잔 파도는 끝없이 밀려오고
쏠려 가는데
물고기는 아직 한 마리도 잡히지 않았다.

수심은 또 얼마나 깊을까.
알 길 없는 그 짙푸른 물속
다만
흰 구름만 아득히 떠돌 뿐이다.

허공에 솟구쳐 번쩍
찬란하게 비늘을 퍼덕일
그 한 마리 은빛 잉어를 낚기 위하여
온종일 지면紙面을 들여다보는 어느
가을 어스름.

로제뜨

이른 봄,
아직 채 얼음이 풀리지 않은
흙더미에서 너를 보았다.
방긋 잎새를 드러낸
그 싱싱하고도 순결한 냉이 꽃,
경이로워라.
화려함을 자랑하던 작년의
국화, 모란, 수국, 장미들은 모두
흔적 없이 사라졌는데
너만은 호올로 폐원廢園을 지켜
이처럼
푸른 하늘을 바래고 있었구나.
낮게 낮게 낮은 자리로,
아래로 아래로 바닥 자리로
자신을 버려 스스로
남의 꽃 방석이* 되어주던 너의
그 겸손이
가혹한 이 겨울조차 숙연하게
물리칠 수 있었구나,
아아, 경이로워라.

* 로제뜨rosette: 화초가 늦가을에 자신의 꽃대나 잎들을 활짝 핀 장미꽃처럼 만들어서 땅바닥에 바짝 누워 겨울의 모진 추위를 이겨내는 현상. 냉이 같은 풀꽃이 대표적이다.

낮은 자리에 선 자의 감동이여.
작아서 오히려 큰
그 아름다움이여.

이명耳鳴

너 어디서 우는 것이냐.

끊어질 듯 끊어질 듯 어둠 속에서
귀뚜라미 운다.

백지를 앞에 놓고 단정히
무릎 꿇어 참회하는 밤,

제대로 한번 외쳐보지 못한,
제대로 한번 통곡해보지도 못한
이 한 생을 내 시여, 너는
용서해선 안 된다.

계절은 이미 기울었는데
온 세상
하얗게 하얗게 얼어붙기 시작하는데
이제라도 광야에 나가 한껏
외쳐야 한다는 것이냐.
밀실에서
실컷 통곡이라도 해야 한다는 것이냐.

이 늦가을 밤
섬돌 밑 아닌, 들창 틈 아닌
실은 내 귀속에서 우는 그
귀뚜라미 한 마리.

이념理念

하늘에는 천국이 있다고 하더라.
하느님, 천인天人, 천사天使, 또한 비천飛天이
산다 하지 않더냐.

비 온 뒤
파아랗게 갠 하늘에서 유혹하는
그 일곱 빛깔 무지개.

그러나 속지 마라.
허공엔 거미줄을 치고 앉아 이를
스스로 천망天網이라 일컫는 자도
있나니.

하늘을 사모하여
평생 이슬과 꿀만을 먹고 견디던
나비 한 마리,
위로 위로 나래치다 그만
거미줄에 걸리고 말았다.

깜깜한 지하에서
눈 없는 애벌레로 한 세월을 지내다가

오늘 문득 우화羽化한 그

가엾은

흰나비,

바람 불다

삶이란
중력을 거스르는 일,
봄바람에 피어나
위로위로 솟는 새싹처럼……

죽음이란
중력에 내맡기는 일,
팔랑
갈바람에 떨어져 아래로 아래로
나뒹구는 낙엽처럼……

해답

인간은 무엇으로 사는가?
산다는 것은 곧 깨어 있다는 것,
모든 깨움은 기실 그의 이름을 불러 주어야
가능하나니
인간은 언어로 산다.

인간은 어떻게 사는가?
산다는 것은 곧 사랑한다는 것,
모든 사랑은 기실 마음과 마음이
하나 되어 상통하는 일이니
인간은 언어로 산다.

인간은 또 왜 사는가?
산다는 것은 곧 존재한다는 것,
이 세상 모두는 기실 생각함으로
존재하나니
인간은 언어로 산다.
그래서 인간은
빵이 아니라
말씀으로 산다 하지 않던가.

만리장성

가로막는 장성長城은 높고 가파르기만 하다.
굳게 닫힌 문, 단단한 포루鋪樓.
저 너머엔 과연
어떤 세상이 있을까.

멀리서
마냥 바라보기만 했던,
새날이 밝아오고 찬란히 무지개가 뜨던
언덕 너머 그 하늘,

해자垓字는 간신히 건넜건만
휘하엔 병력도 무기도 변변치 않아
다만 펜 하나 들고 이 험한 장벽,
어떻게 깨부수고 넘을 것인가.

탁자 앞에 오만하게 버티고 서서
날 굽어보는 그 벽의 서가書架,

용기를 내서
사다리를 놓고 기어올라
간신히 한 권의 장서藏書를 뽑아 든다.

부질없이
석축石築에 괸 돌 하나를 허문다.

모기

엥,
고막을 울리는 가냘픈 사이렌에
찰싹 뺨을 때려보지만
번번이
피를 빨아먹고 도망쳐 버리는 모기,
그 한 마리의 간단없는 내습으로
몇 날 며칠을 시달려야 했던가?
그러나 내 어젯밤 손뼉을 쳐
용케도 잡아 죽였나니
손바닥에 제법 홍건히 번진
피.
내 피였구나. 요놈
절제 없이 빨아 재낀 그 식탐에
몸이 무거워
미처 도망치질 못했구나.

내 오늘 욕탕에서
갑자기 불어난 체중을 달아보며
문득 어제 죽인 그 모기 한 마리를
생각하나니.

파리

탁자 앞에 앉아
무연히 상념에 잠겨 있자니
어디선가 문득 파리 한 마리가 날아와
펼쳐 놓은 책장 위에 납작
몸을 엎드린다.
두 손으로 싹싹 용서를 빌며
머리를 조아린다.
아까 아침 식사 때
내 밥에 쉬를 하고 도망친 놈이
분명 네로구나. 이놈,
막 파리채를 들어 때려죽일까 하다가
문득 한 생각이 떠올라
거두어버린다.
용서하기로 한다.
지금은 시를 쓰는 성스런 시간이 아닌가?

나의 하나님께서도 내 참회기도를 들으실 때는
부디 시 쓰시기를 바란다.

벌

장미는
시든 꽃송이를 빨리 잘라 주어야 그 자리에서
다시 더 많은 꽃들을 피운다고 하더라.
늦가을,
분수없이 더 오래 꽃을 보려고
가지치기를 하다가 날아든 벌에게 그만
톡
침을 쏘였다.
온몸에 번지는 그 아찔한 통증,
한순간 시야가 깜깜해지더니 다시
밝아 온다.
머리가 맑아진다. 이 이상
미색美色을 탐하지 말란다.
그렇다.
아름다운 장미에 가시가 있으니
달콤한 꿀에 어찌
독이 없을 수 있겠는가,

꿀을 딸 때에는 항상
독침을 경계해야 하느니.

매미

차르르 차르르 차르르

폭염에 시달리는 도심에서
돌연
요란하게 울리는 말매미 울음소리.

지구 온난화로
북극 빙하 태반이 녹아버렸다.
당장
열섬에 갇힌 시민들을 구하라.

차르르 차르르 차르르

오늘
녹색 소방방재청消防防災廳에서 긴급히 알리는
대낮의 그 재난 싸이렌 경보.

하루살이

이 기쁨, 이 슬픔 굳이 되풀이 해야
하겠느냐.

한 번으로 될 것을
이 빛과 어둠 굳이 되풀이 겪어야
알겠느냐.

내일이 결코 오늘일 수 없는 시간,
그래서 항상 오늘밖에 없는 이 한생을
우직한 인생아,

겁劫으로 보면
천년도 찰나인데,
오늘이 바로 그 영원의 입구인데

내일도 여전히 뜨고 질 해를 기다려 너는
굳이 여기서 꼭 다시
바라보아야만 알겠느냐.

단상

오세영

1. 시는 왜 쓰는가

나는 항상 중심에 서고 싶었습니다. 주변부에서 어물쩍거리기가 싫었습니다. 내게 사회성이 부족한 것도 아마 이같은 성격 때문일지 모릅니다. 그러나 현실은 그렇지 못했습니다. 그리할 수 있는 능력도 없었구요.

그렇지만 시를 쓸 때만큼은 내 자신이 우주의 중심이었습니다. '나'에 의해서 세계는 의미를 갖게 되고 '나'로 인해서 세계는 그 관계가 정립되기 때문입니다. 시를 쓰는 동안 나는 의미의 생산자 즉 이 세상의 주인이 되는 것이지요. 그런 연유로 나는 저 자신을 홀로 골방에 가두어 놓고 시 쓰는 일에 몰두해 왔습니다.

시 쓰는 일은 내게 영원을 지향하는 일이기도 합니다. 영원에 대한 믿음 없이 이 허망한 세상을 어떻게 살아갈 수 있겠습니까. 비록 바라는 그 영원에 도달할 수는 없다 하더라도 영원에 도달하려는 노력 없이 이 세상을 살 자신이 없음으로 나는 또한 내가 할 수 있는 유일한 일 즉 시 쓰기를 포기하지 못하는 것입니다.

2. 시는 언제 쓰는가.

계절적으로는 겨울이며, 하루로 보면 밤입니다. 나도 그 이유를 모릅니다. 추측건대 명상에 가장 적합한 시간이 그 때라서가 아닐지요? 내 생각에, 한마디로 시란 명상의 산물입니다. 명상을 통해 이 세계와 사물들을 의미적으로 재창조하는 작업 즉 고독 속에서 의식을 극도로 집중시키는 정신작업이라 할 수 있습니다. 그 같은 작업에 가장 적합한 시간이 내게 있어서는 겨울밤인 것입니다.

봄은 너무 아름다워서 감히 새로운 세계를 꿈꾸기가 어렵습니다. 여름은 너무 관능적이어서 내면을 성찰하기가 어렵습니다. 가을은 너무 안타까워서 집착을 끊기가 쉽지 않습니다. 그런데 이 모든 것들을 포기한 겨울의 삭막함은 차라리 정신을 맑게 트여 줍니다. 자유스럽게 해줍니다. 그래서 내 시들의 대부분은 겨울에 쓴 것들입니다.

시 쓰기에 든 내게 있어 사유의 대상은 신위神位이며, 연필은 향촉이며, 원고지는 축문祝文이며, 커피는 제주祭酒입니다. 이렇듯 나는 겨울밤마다 나만의 외로운 공간에 홀로 칩거하며 공손히 무릎을 꿇고 이 세계와 사물들에게 경건한 제사를 지내지요. 물론 시작詩作이 끝나면 지방을 태우듯 파지들을 촛불로 사르는 일 역시 잊지 않고 있습니다.

3. 시를 어떻게 쓰는가

"세간의 작용이 발생하는 것은 모두 아집我執에서 생긴다. 자아에의 집착
을 제거하면 세간의 작용은 일어나지 않는다."(『화엄경』제22장「십지품十地品」)

『성경』도 마찬가지이지만, 『경전』에는 여러 좋은 말씀들이 있습니
다. 그러나 나는 이 중에서도 『화엄경』에 있는 위의 경귀를 마음에 새
기고 싶습니다. 시창작의 본질을 설파해주는 촌철의 비의秘意가 적시되
어 있다고 생각하기 때문입니다. 최소한 내게 있어서는 그렇습니다.

일반적으로 사람들은 자신의 어떤 생각이나 감정을 언어로 표출한
것을 시라 믿습니다. 대부분이 그렇게 씁니다. 그러나 문제는 생각의
주체이지요. 주체가 진실하지 못하다면 '생각' 역시 진실할 수 없을
것이기 때문입니다. 세존께서도 제법무아諸法無我라 하지 않으셨던가
요. '내'가 없는데 어찌 그 안에 품은 생각이나 감정이 진실일 수 있겠
습니까. 더구나 언어로서는 진실을 지시할 수도, 전달할 수도 없다
하시지 않았습니까.(不立文字 言語道斷 直指人心 教外別傳 見性成佛)

그러므로 결론은 이렇습니다. '나'라는 주체는 없습니다. 그러니
내 생각을 표현한다는 것은 진실이 아닙니다. 진실은 내가 무無로 돌
아간 상태 속에서의 그 어떤 것이어야 하기 때문입니다. 그런데 그
'어떤 것'이란 또 무엇일까요. 한마디로 무아無我의 경지에서 얻은 깨
달음입니다. 그렇습니다. 그런 까닭에 본질적으로 불교의 경전들은
모두 시적詩的이며, 모든 선사禪師의 깨달음은 —마치 게송偈頌이 그러
하듯— 시의 형태로 진술되는 것입니다. 오늘날 우리들이 통속적으
로 선시禪詩라 부르는 바로 그것입니다.

시는 '내'가 쓰는 것이 아닙니다. 내 마음속에 든 것을 '내가' 표출하

는 것은 더욱 아닙니다. 시는 '내'가 없는 상태에, ―'내'가 쓰는 것이 아니라― 다른 누군가에 의해서 쓰여집니다. 그러므로 그것은 '무아'의 산물입니다. 무아의 상태가 되어 절대 자유의 경지에 도달했을 때 홀연 도래하는 어떤 한 찰나의 밝은 빛, 그것이 시입니다. '시인'이란 다만 그것을 언어로 받아 적는 일을 담당하는 사람을 일컫는 용어일 뿐입니다. 그러므로 시는 시인이 쓰는 것이 아니라 이 세계 혹은 사물이 씁니다. 삼라만상 제법諸法이 쓰는 것입니다.

따라서 시를 쓰는 작업이란 일상적 자아를 벗어나 어떤 참다운 자아를 찾는 일로부터 시작해야 합니다. 일상에 대한 제 관심, 일상과 맺은 이해관계, 현상의 '나'(가아假我나 실아實我)를 구성하는 여러 인자들 ―편견이나 감정은 물론 지식이나 습관, 경험, 인상, 기억, 교훈 등― 을 모두 깨끗하게 버려야 합니다. 그리하면 그는 아마도 어느 한 순간 비로소 의식이 순수해진 어떤 텅 빈 상태에 진입하게 될 것입니다. 롤랑 바르트가 말한 소위 의식의 제로 상태입니다. 겉으로 보기엔 맑은 물도 사실은 눈에 보이지 않은 불순물들을 제거해야만 비로소 순수한 물 즉 증류수가 되는 것처럼…….

물론 그것만으로는 안 됩니다. 다음 차례로 시인은 의식 그 자체를 넘어서야 합니다. 내가 있다는 의식, '나'로서 생각하고 '나'로서 사유하고 '나'로서 느낀다는 의식을 벗어나, 있으면서도 없는 나 즉 불가佛家에서 이르는 바 무아無我의 경지에 들어서야 합니다. 그때 그는 천재일우千載一遇의 어떤 깨우침을 얻게 될 것입니다. 그것을 받아 적은 것이 바로 시입니다. 하이데거도 말하지 않았습니까. 존재가 무無로 환원Deduktion된, 어둠 속에서 홀연 비치는 일순의 찬란한 광휘光輝, 그것은 오직 어떤 특별한 언어, 달리 시 이외에는 현현시킬 수 없다고……. 이미지, 비유, 상징으로 쓰여지는 언어 말입니다. 『경전』에서도 "모든 지혜 있는 자는 비유에 의해서 깨달을 수 있다"고 가르친 바 있습니다.(『화엄경』,「비유품譬喩品」제3장)

　『화엄경』의 말씀, '자아의 집착에서 벗어나라'는 앞서의 가르침은 물론 생사의 도道에 관한 이야기입니다. 그러나 시인으로서의 나는 그것을 항상 내 시작의 금과옥조로도 삼고 있습니다.

오세영吳世榮

1942년 전남 영광 출생. 전남의 장성, 광주, 전북의 전주 등지에서 성장.
서울대학교 문리과대학 국어국문학과 졸업, 서울대학교 인문대학 국어국문학과 교수 역임. 현 서울대학교 명예교수.
1965-68년『현대문학』지 추천으로 등단.
시집『시간의 뗏목』,『봄은 전쟁처럼』,『문열어라 하늘아』,『바람의 그림자』등, 시선집『잠들지 못하는 건 사랑이다』등.
저서『한국현대시인연구』,『한국현대시 분석적 읽기』,『한국낭만주의 시 연구』,『시쓰기의 발견』등.
목월문학상, 정지용문학상, 소월시문학상, 김달진문학상 등 수상.

갈필渴筆의 서書

2022년 4월 29일 초판 1쇄 발행

지 은 이 · 오세영
펴 낸 이 · 최단아
편집교정 · 정우진
펴 낸 곳 · 도서출판 서정시학
인 쇄 소 · ㈜상지사
주   소 · 서울시 서초구 서초중앙로18, 504호 (서초쌍용플래티넘)
전   화 · 02-928-7016
팩   스 · 02-922-7017
이 메 일 · lyricpoetics@gmail.com
출판등록 · 209-91-66271

ISBN 979-11-88903-96-2 03810

계좌번호: 국민 070101-04-072847 최단아(서정시학)

값 13,000원